安安的奇幻動物園

文／安石榴　圖／孫心瑜

校外參觀動物園的那一天，
同學們全都興奮的觀看柵欄裡的動物，
除了安安。

不久前，安安和最要好的朋友吵架了。
現在她很孤單、很安靜，因為她沒有同伴。
於是她找了一個地方，把自己縮得小小的。

安安覺得獅子一直盯著她，
便對牠笑了笑。

她想籠子裡的獅子一定很寂寞，
於是拿出作業簿寫了一張紙條給牠。

 ：

我可以和你
做朋友嗎？
歡迎你和你的
朋友到我家玩。

6

動物園關門後，
獅子一邊吃飯一邊看那張留在椅子上的紙條。
牠讀得很慢很慢，然後微笑起來。

獅子搬開牆壁上的石頭，
拿出衣服和帽子穿戴好。

獅子低吼幾聲，
把訊息傳遞給其他動物。

這會是個美妙的夜晚，
因為滿月總讓事物變得既狂野又美好。
獅子帶領大家去找安安。
牠把安安寫的邀請函放在口袋，
這樣牠就知道該往哪個方向走。

動物們走近一棟房子，
獅子說：「安安就住在裡面。」
獅子很有把握，因為月光也指向那裡。

獅子推開窗戶的聲音把安安從睡夢中驚醒。
她沒有想到獅子真的來做客了。

「我來了。」獅子説：「我帶朋友來了。」
看見獅子和牠的朋友都來了，
安安很興奮，也有點害怕。

安安的房間不大，卻將所有的動物都容納進來了。
獅子看了看，說：「我們布置一下吧！來點叢林氣氛。」

安安想招待大家吃點東西。
於是她躡手躡腳走下樓，
拿出冰箱裡僅剩的三顆蘋果。

安安把盤子遞給獅子，
她相信獅子一定有辦法
讓每個客人都分到蘋果。
「謝謝。」獅子拿走一個，
接著將盤子傳下去；
每個客人都拿到一個，
而盤子裡還是有三顆蘋果。

安安的父母在樓下房間睡覺，
他們做夢了，夢見成群的動物在
棉被上狂奔，因此睡得不太安穩。

天快亮啦！所有遊戲大家都玩了好幾遍，
漸漸有點精神不濟。

24

不知道怎麼了，河馬竟然踩到獅子的尾巴，
獅子大吼起來。

大家嚇呆了，房間裡一片寂靜。

「唔……對不起。」

獅子聲音低低的，有點模糊，

像是從夢中傳來。

早上的鬧鐘響了，
「起床啦！」媽媽上樓敲安安的房門，
聲音聽起來很沒精神。

動物們聽到媽媽的聲音，嚇得紛紛從窗戶溜走。
獅子向安安輕聲說：「再見。」

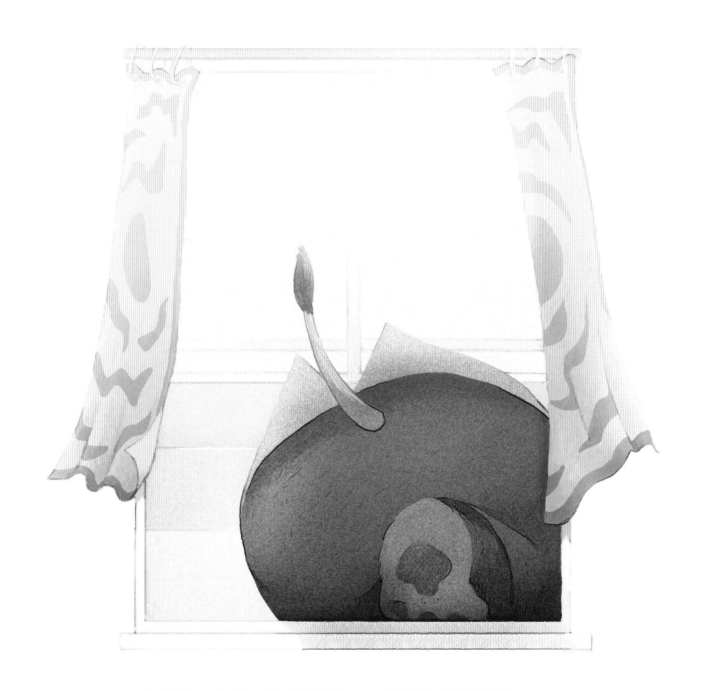

「快點，上學別又遲到了。」媽媽打開門催促，
她睡眼惺忪，什麼都沒看見。

安安帶著獅子遺落的帽子去學校，
上課時一直回想昨夜。
她好想跟誰說一說昨天發生的事情。

下課時，幾天前和她絕交的好朋友鼓起勇氣找她說話，
問她那是什麼帽子。
安安鬆了一口氣，真心高興兩人能重新和好，
她很珍惜這個機會。
她寧可和朋友分享奇妙的事物，
也不要獨自擁有。

傍晚，安安趕在動物園關門前進去。

獅子拿回了帽子。

安安說：「歡迎你和你的朋友再到我家玩。」

獅子什麼話都沒說，臉上似乎掛著神祕的笑容。

| 作者簡介 |

安石榴

　　臺灣臺南人。臺東大學兒童文學研究所畢業。作品有繪本《星期三下午捉・蝌・蚪》（榮獲信誼幼兒文學獎圖畫書首獎、第一屆豐子愷兒童圖畫書獎優秀圖畫書）、《亂 78 糟》（榮獲信誼幼兒文學獎圖畫書評審獎）、《曬衣服》、《大膽的老婆婆》，還有童話《絲絲公主》（榮獲兒童文學牧笛獎），以及橋梁書「多多和吉吉」系列、「小熊威力」系列與小說集《餵松鼠的日子》等。

| 繪者簡介 |

孫心瑜

　　從事各類視覺設計工作多年，連續獲得信誼幼兒文學獎、金鼎獎；2015年以《北京遊》成為臺灣第一位獲選波隆那書展「拉加茲獎」的繪本作家，《一日遊》、《午後》、《背影》等無字繪本，榮獲好書大家讀。2016年代表臺灣參加新加坡及墨西哥書展，並與當地創作者分享交流創作經驗，同年應新北市政府文化局邀約，舉辦《走進無字書漫遊世界》繪本創作個展。2017年《回家》入選首屆AFCC亞洲童書大獎。陸續出版香港、臺南、巴黎、新北、竹縣等城市繪本，更多作品請參考：www.shystudio.org；FB粉絲專頁：Shystudio（孫心瑜）。

創作圖畫書
安安的奇幻動物園
文／安石榴　圖／孫心瑜

總編輯：鄭如瑤　文字編輯：詹嬿馨　美術編輯：黃淑雅　印務經理：黃禮賢
社長：郭重興　發行人兼出版總監：曾大福
出版與發行：小熊出版・遠足文化事業股份有限公司
地址：231 新北市新店區民權路 108-2 號 9 樓
電話：02-22181417　傳真：02-86671851
劃撥帳號：19504465　戶名：遠足文化事業股份有限公司
客服專線：0800-221029
E-mail：littlebear@bookrep.com.tw　Facebook：小熊出版
讀書共和國出版集團網路書店：http://www.bookrep.com.tw
法律顧問：華洋國際專利商標事務所／蘇文生律師
印製：凱林彩印股份有限公司
初版一刷：2018 年 11 月
定價：300 元　ISBN：978-957-8640-53-5

小熊出版官方網頁　小熊出版讀者回函